박선희

전남대 수학과를 졸업하고 여수상고에서 수학교사로 잠시 교편을 잡았다. 인도 주재원으로 근무한 남편과 함께 덥고 더운 인도 남부 첸나이에서 8년을 지내는 동안 가끔 그림을 그렸고, 인코센터에서 함께 수묵화를 배운 동기들과 〈The perfume of ink〉 (2013년) 전시회를 열었다. 2015년 한국으로 돌아온 후에는 이천에서 달 항아리 수업을 받고 도자기 개인 전시회 〈소박한 정원〉 (2017. 12. 30~2018. 1. 6)을 열었다.

첫 시화집 〈바람이 지나간 자리〉는 살면서 스쳐 지나간 기쁨과 슬픔과 고뇌, 그리고 미처 챙기지 못하고 흘려보냈던 소소한 감정들을 추억하며 그림과 글로 엮은 작품이다.

바람이 지나간 자리

바람이 지나간 자리

첫판 1쇄 2022년 1월 30일

지은이 박선희
펴낸이 김은옥
디자인 한영애
펴낸곳 올리브북스

주소 인천시 부평구 부평대로 153
전화 032-233-2427
이메일 olivebooks@naver.com
블로그 blog.naver.com/olivebooks
인스타그램 instagram.com/olivebooks_publisher

출판등록 제2019-000023호(2007년 5월 21일)

ISBN 978-89-94035-49-9 03810

세상은 행동하는 사람에 의해 움직입니다. 소중한 경험, 따뜻한 시선을 가진
원고, 참신한 기획의 소재가 있으신 분은 올리브북스와 의논해 주십시오.
그 원고가 세상의 소금과 빛이 될 수 있도록, 최고의 책으로 빛날 수 있도록
정성을 다하겠습니다.

총판 기독교출판유통 031-906-9191(전화) 0505-365-9191(팩스)

바람이 지나간 자리

박선희 그리고 쓰다

올리브북스
Olive Books

1부

바람에 실은 소망

춘매 春梅

찬란한 나의 봄에는

상처를

두려워하지 않고

그대에게

다가갈 수 있기를

매서운 추위 속에

먼저 꽃을 피우는

매화처럼

하난 夏蘭

뜨거운 나의 여름에도
은은한 향기로
깊은 산중을 휘감는
난초처럼
고매한 인품으로
그대를
품을 수 있기를

추국 秋菊

나의 슬픈 가을엔

첫 추위와

서리를 이겨내

꽃을 피우는

국화처럼

떠나야 할 그대에게

아쉬움을 다독여

의연하게

보낼 수 있기를

동죽 冬竹

그리하여
떠나야 할
나의 의연한 겨울이 오면

지내온 삶들에 감사하며
그리움을
간직할 수 있기를

푸르고 푸른
대나무처럼

성숙成熟이란

꺾인 자리에 생긴 옹이로
단단하게 자신을 지키고

흉터를 제 몸에 새긴 채
의연하게 뻗어 가는
나무의 모습에서도

내면의 아픔을 처리할
고독한 시선과 지혜를
배워 가는 일

삶

어둠이 내리면
젖혔던 커튼을 다시 치며
마감하는 하루

문득 무심한 눈길로 바라본 하늘에
사라질 듯 가녀린 이른 저녁 초승달을
처연히 품고 있는 어둠에 섞인 노을

곧 사라질 순간조차 여린 초승달을 위한
색의 공연으로
흩어지는 너를 보니

난 또 누구의
찰나의 아름다움을 위해
스러져 가야 할까
이 하루의 끝에

간구

주님!
온갖 자연재해에 바이러스
거기에 전쟁과 대학살까지
우리의 힘으로
해결할 수 없는 문제들을
우리가 만들었으니
이를 어쩌면 좋을까요?

어디서부터 어떻게
기도를 시작해야 할지
엉킨 실타래 같은 머릿속
출산의 고통 같은 신음밖에
나오질 않는 내 간구를
주께서 들으시고
부디 우릴 구원하소서

내 조국

백두대간 긴 허리를 굽혀
백록의 정화수를 길어
이 땅의 하나 됨을 빌어 볼까

굽은 허리 굽이굽이
한 많은 사연들이
소리 없는 고통을 준 세월

일제의 압제도 모자라
동족의 피 뿌림으로 산야를 적시더니
반 토막 낸 이 땅에서
반목과 질시로 갈라지는 민심에

내가 죄인이라고 말할
그 누구의 애끓음이 있을까
그저 뜨거운 내 눈물
한 종지를 드러나 볼까

그 사람

자세히 보면
예쁘지 않은 꽃이 없듯
긍휼의 눈으로 보면
품지 못할 것이 없다

미움도 예쁨도
다 제 할 탓이라지만
너를 수용할 능력이 없어
둘러대는 핑계는 아닐까

내 한계를 보며
침잠하듯 내려앉는 가슴
애닯다! 모진 마음이여
난 언제쯤 내가 꿈꾸는
그 사람이 되어 볼까

엑소더스

내 안에 반란군이 있다
원치 않는 말과 행동을
이끄는 넌 누구냐?

허락 없이 들어와선
나를 지배하고
노예로 삼자하는구나

내 비록 허물이 있다 한들
어찌 너를 봐줄 수 있으리
양심의 편린片鱗을 모아
정예군을 파견하니

홍해 가운데 애굽 군대처럼
황망하게 돌아서라
너의 엑소더스를

당부

후드득 날아오르는 새들이
부딪치지 않는 걸 보았니?

눈여겨보지 않으면
모르고 지날 특별한 일이지

세상은 아는 만큼 보이고
보는 만큼 느끼는 것이니

너를 둘러싼 소소함에 감사하며
안목의 지평선을 넓혀 가라

부디 숲을 보되 나무도 놓치지 않는
규모의 인생을 이루길

그들만의 세상

도대체 되는 일이 없어
만사가 다 남 탓인 것만 같은
자신에게 지쳐가는
이 시대의 인생들

자신과 세상에 부딪혀
깨어지고 부서져 찌그러진 자아상
형체를 알아볼 길 없어도
존재감을 놓치지 말고

유독 혹독하게 느껴지는
이 순간일지라도
견디고 버텨 끝까지 살아남길
아버지의 아버지들처럼

꿈꾸는 청춘에게

내일의 희망도
이 한날의 버팀도
버거운 젊은 청춘아!

답답하면 긴 한숨 길게 내뱉고
억울하면 소리라도 크게 지르고
넘어지면 늙은이의 손이라도 붙들고 일어서라!

이 세상 그 누구라서
독불장군이 있으리
손에 쥐는 게 없어도 가오라도 잡아보고
네 안의 열정의 불씨를 붙들라!

만주와 연해주를
질주하던 발해의 뜨거운 피가
너와 내게 흐르고 있음에
넌 우리의 역사임을 기억하라!

바램

깨진 도자기는
버려져도 운치가 있는데
깨진 마음은
스스로를 버리려 하네

낮춘 마음은 실력이라
등불처럼 남을 밝히지만
비굴한 마음은 상처니
꺼져가는 촛불이라

뉘 마음이
등불이든 촛불이든
서로 살려주는
우리가 되는 지금이길

그날

5월이 되면
살아 있음이 비겁함이다

1980년,
원통한 주검들이
빙 둘러앉았던
광주 도청 분수대

그들과 하나로
불렀던 노래가
아직도 생생하므로

어미가 되어
잊었던 시간이라고
변명도 구차한
이 한날도 빚이다

미크로에서 마크로까지 슬픔이

티끌에서 나온 우리
만물 위에 군림하듯
휘두르는 파괴의 검

가장 작은 미생물은
생명을 다해 생명을 살리고
거대한 지축은
공전과 자전을 반복하며
공생에 진심을 다하건만

자유를 찾겠다고
실낙원失樂園한 아담의 후예답게
죄를 두려워하지 않은
어리석은 우리
오호통재嗚呼痛哉라!

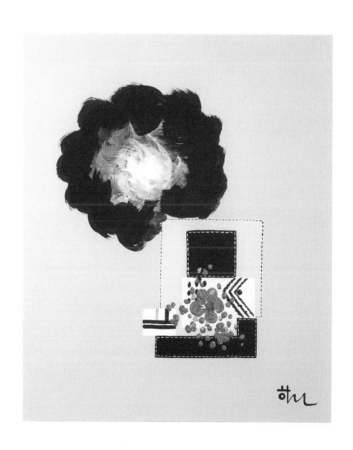

임재臨在

해외 미용 봉사 중
선명하게 떠오르는 기억 하나
오라투르 마지막 손님이었던
인도 할아버지

꺼져가는 육체를 간신히 붙들고 있는
그의 눈망울에서
고단한 주님의 시선을 보았다

영혼의 정처 없음이 안쓰러운
그를 향한 주님의 눈물이

무엇을 어찌해야 할지
숙제로 남기시곤
어디에나 내(Jesus)가 있음을
기억하라 하시는 듯

창세기 이해

까만 하늘에 누가 별을 쏟았나
파도처럼 덮쳐오는 은하수

질식할 것만 같은 두려움에
울며 내달린 시골 밤길

광활함에 몰려오던
알 수 없는 어릴 적 두려움은

창조주에 대한 외경심이었음을
깨닫고 보니

은하수는
실감나는 창세기 첫 현장 수업이라

고래

주님!
사명을 저버린 자를
왜 저에게 버리시나요?

바다를 떠도는 미물인 저도
당신이 주인인 줄 아는데
주인의 명을 어기는
이 인간은 도대체 누구인가요?

삼키라 하시더니
먹지 말라 하시고 더구나
먼 육지까지 가서
토해 내라 하시니

이해 못할 그 명령 따라
저의 날개를 폅니다

고운님

강을 건널 즈음
그때를 직감하는 어르신

당신만큼 묵은 지게로 산에 올라
겨우살이 장작을 두둑이 쌓아 두고

이녁 닮은 항아리에 된장을
유독 넉넉히 담근 그해

두고 갈 소중한 이들을 위해
준비하는 마지막 선물

하늘이 주는 지혜를 따라
남은 이를 챙기는 귀한 마음

생명의 힘

본디의 땅을 떠난 분재
아슬아슬 이어가는 생명줄

네 모습 지켜주려
이리저리 마음을 써도
내 맘을 알바 없는 장수 매
무엇이 괴로운지
마냥 시들시들

살 만치 살다 가면 그만이지
뉘라서 명줄을 늘이겠나?
체념하며 바라본 어느 날
이슬처럼 맺힌 작은 꽃망울

아슬아슬하게 보였던 그 모습도
네 삶의 일부였단 걸 알게 된
너의 그날

몽이

우연히 기르게 된
손바닥만 한
강아지 '몽이'

불도 커지지 않은
아파트 거실에서
하염없이 내가 오길 기다리니
지도 나도 괴로운 날이라

원하는 지인에게 너를 보내고
간간히 듣는 소식
그 집의 황제로 산다고

사진 속 훌쩍 커버린 몽이
모습도 이름도 달라졌지만
서로의 위안으로 살아가는 그 모습에
훈훈해지는 마음

오월이 오면

가정의 달이라는 오월
가족의 화목 지수는
진실과 가식 사이 그 어디쯤일까?

종이 카네이션 하나로도
충분히 감격했던 때를 지나고 나니
점수로 아이를 판단하고
나도 못한 효도를 기대한다

얄궂게 아내만 닦달하면 될 일인지
소리 죽인 다툼이라고
모를 아이들도 아니건만
눈치껏 마주하는
불편한 가족의 만찬 앞에서

마음을 비워야 하는
오월이 오다

매듭

돌아보면 오늘도
실수투성이의 하루

빤한 날이 없는 인생살이
나와의 씨름에서 매번 녹다운

상대가 보이면 버티기도 해보고
용서도 빌어보고 아니면
봐 달라 떼라도 써 보련만

인정머리 없는 얄팍한 가슴이
사정없이 내리꽂는
자책의 소나기

삶의 바른 매듭을 짓기 위해
어떤 마음의 날갯짓을 해야 하나

진정한 프로

치열한 삶의 현장에서
흘러간 황금 시절을 떠올리는 건
스스로에게 민망한 일

진정한 프로는
지난 스펙에 매이지 않고
주어진 현실을
감사함으로 감내하는
용기가 있는 사람

사발이든 종지든
정갈하여 쓰여지면 될 일
그릇 크기의 문제가 아닌 걸
간과하는 우리네 어리석음

구원의 방주

어디로 가야 하나
결정 못하고 고민하던 그때
지금 만큼만 경륜이 있었으면
참 좋았겠다

삶은 늘 그렇듯
지나 봐야 제대로 된 항로를
알 수 있는 미지의 섬 여행

그래서
미숙한 내가
홀로 먼 인생 항로를 떠나는 대신

보다 안전한
믿음의 공동체라는 배에
그대와 함께 오르고 싶은
간절함을 아는가?

본향을 향하여

말을 타고 달려 보는
몽골의 드넓은 평원
달빛 아래 낙타를 타고 걷는 타르 사막
코끼리를 타고 간
핑크 도시 자이푸르 암베르 성
사륜구동 지프를 타고
무한 질주하는 두바이 사막

짜릿하고 경이롭고
아름답고 흥분되어도
그곳에서 난
정처 없는 나그네라
이젠 영원한 안식이 있는
본향을 향한 여정을
시작해 볼 때

2부 ——

흐르는 강물처럼

자화상

나에게 묻곤 한다
어떤 존재인지를

업적이나 성과로
규정되는 세상의 잣대가
마음의 통증으로 오는 날엔

한낮의 텅 빈 예배당으로 간다

덩그러니 던져진 자아와
침묵으로 응시하는
그분 사이에서

소리 없는 절규로 외치는 내게
나도 너를 참았으니
너도 너를 견디라 하신다

망각

모든 것에는 제 몫의 삶이 있다

이름 없는 들꽃의 향기를 전하는
스쳐 가는 바람과

영롱한 색을 발하는
떨어지기 직전 물 한 방울까지도

허나 생각의 그물에 걸린 우린
고통의 떡을 빚느라
소명을 놓쳐버린 듯

맘껏 웃지도
소리 내어 울지도 않는
쇼윈도의 마네킹처럼
그 자리를 맴돈다

My way

경쟁과 비교의식으로
말 달리듯 내몰리는 현실에서
묵묵히 내 몫을 지려 하면
바보로 만드는 거친 세파世波

거스르면 상처투성이라
그저 휩쓸려 가자
타협하는 내 안에
인생의 질고는 누구에게나 있고
그래서 억울할 게 없으니

비록 느리게 갈지라도
너답게 가라고
속삭이는 내면의 소리
브라보!
내 인생을 응원하는 소리

거짓 신념

종전 후 홀로 밀림을 떠돌며
29년간 게릴라전을 한
일본 소위 오노다 히로

주어진 명령 수행을 위해
종전을 알리는
수많은 경고에도 불구하고
혼자만의 전쟁을 치루다

맹종盲從은 신념이 되어
스스로를 이유 없는
인간 병기가 되게 하니

존재의 가치를 상실함은
누구의 아픔일까?
폭풍우 바다 위의 조각배 같은
이 인생아!

구원 여행

궁극의 이상을
찾아 떠도는 구도자

그 어떤 것이
자신을 구할지 몰라
몸이라도 드려
그것을 얻어 볼까 속내가 타네

귓가를 스치는
'내가 곧 길이요 진리요 생명이니'
주님의 말을 외면한 채

내가 주인이 되어
다시 떠나는 구도의 길
진리의 등불을 모르니
정처 없는 그 발걸음

어느 가을 아침

친구야!
사는 게 피차 바빠
무심이라 탓할 수도 없는 사이

나누지 못한 슬픔과 번민이
허공에 흩어져 버렸구나

그래도
서로 나눌 눈길 한 자락이면
읽어지는 너의 마음과

삭막한 세상에서
너로 인해 한바탕 놀았던
즐거운 추억으로

미소가 지어지는 쌀쌀한 아침
창가에 지는 낙엽을 보며

2010. 6. 15. sembee

내게도 사랑이

누구의 기쁨이 될 거라는 생각
해본 적 없고
기쁨의 의미조차 낯설던 그때

예고 없이 만나주신
주님의 따스한 위로와 인정이
엄마 품속 같던 그날의 기쁨

내 존재를 기뻐하시는 분이
말씀으로 현존하시기에
감히 품어 보는 소망

누군가의 기쁨으로
살아 볼 소원이 꿈처럼

청춘 예찬

'지가 꽃이라
꽃 예쁜 걸 모르는 거'
젊은 처자한테
이르시던 어르신

'젊어서 예쁘다'
이해할 수 없는
어른들 말씀의 의미를
이 나이 되니 알겠네

나도 지나온 시간이건만
꽃만큼 아름다운 시절인 줄 모르고
무심히 흘려보냈으니

딸아!
네가 꽃인 세월을 맘껏 누리려무나

온전한 맡김

아침에 눈을 뜨면 보이던
전깃줄에 앉아 있는 자유로운 참새

어린 나이에도
사람이 너무 어려운 건지
내가 처한 현실이
가상이길 바라서인지

날 수만 있으면 원하는 곳으로
훨훨 날아갔으면 했다

살만큼 산 지금도
사람이 제일 어렵지만
그 사람을 사랑하시는 주님으로 인하여
내 몫의 사랑을 해보리라

첫 만남

어릴 적 집 뒤편에 있던
애기 궁둥이만 한 땅 한쪽
콘크리트 바닥 틈에
어떻게 남겨져 있었는지

얻어 온 나팔 꽃씨를 심고
아침이면 뒤로 달려가
그 앞에 조아린 고개

어느 날 싹이 나고
줄기가 뻗더니
느닷없이 환한
연보라 미소를 피워낸 너

너와의 첫 은밀한 만남
꽃 인연의 시작

추억

노을이 질 무렵 가끔씩
언니와 함께 다니던 봉황산

현충탑 입구에 들어설 무렵
길게 늘어져 죽어 있는 뱀에 놀라
꼼짝 못하고 엉엉 울던 그때

언니 이리와 하니
네가 이리로 넘어와 한다
어쩔 수 없는 막내 찬스로
언니가 내게 왔지만

지금 돌아보니
언니도 나만큼 무서웠을 거란
생각은 미처 못 했네 그려

2010. 7. seml.

공감

난 누구에게도
말할 수 없는 비밀이 있어

지금 생각하면 너무 어려서
생긴 일이지만
그래도 어떻게
그 순간을 버텼는지

짐짓 태연한 척
보이지 않는 철판 아래로
그날의 민망함을
깊은 폐부에 박아 버렸지

꺼내지 않으면 아무도 모르기에
난 외양을 한껏 꾸미곤
가끔 신음하듯 그 아픔을 들여다보곤 해
너도 그러니?

타향살이

고단한 자취생활
일주일 치 빨래와
제때 갈지 못해 꺼진 연탄불보다
깜깜한 방문을 여는 것이
더 힘들던 시절

녹록지 않은 살림에
방 한 칸 내어 준 주인 할배는
어찌 그리 할멈을 때리는지

밤이면 들려오던 고통의 세레나데
할매가 당하는 고통이
외로움보다 나은가 싶던 대학 2년

무리 지어 다니는
들고양이조차 부럽더라

손맛

생선회 맛도 모르던 내가
낚시꾼 남편 덕에
알게 된 낚시의 재미

어느 날
내 손에 걸린 고등어 한 마리
나온 자리에 던지면
또다시 딸려 나오는 고등어
그 고등어로 인해
알아 버린 손맛

그날 밤 꿈에서도 느껴진
묵직한 손맛
아하!
이 재미가 그 재미구나!

쓸쓸함에 대하여

흩날리는 벚꽃을 보면
생각나는 신림동 고시원
뒷산에 있던 산벚나무

어느 날 오른 뒷산
강한 산바람이 불더니
꽃비가 무심히도 내렸고
공부에 멍든 난
그냥 산이 되어 서 있었다

땅도, 나무도, 나도
다 하얗게 감싸이니
불안과 염려와 걱정도 꽃 경단이 되어
이리저리로 굴러가 버리길
짐짓 가벼워진 척
하루를 버틸 힘을 얻는 양
고독한 산길을 내려오다

느림의 의미

수영 못하는 사람도
스노클링이 가능하다는 걸
알게 한 몰디브

맑고 투명한
에메랄드 바다 물속에
색의 향연이 펼쳐지는데

문뜩 유유히 지나가는
시커먼 무채색의
바다거북이 위에 떠 있는 나

놀랄 겨를도 없이
멀어지는 바다거북이
누가 거북이 더러 느리다 했나?

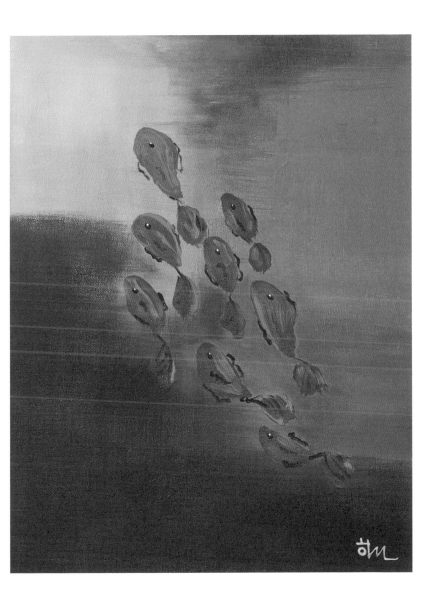

부부

내 결정이 후회로
돌아오면 어쩌나
결혼은 어쩌면 다
그렇게 시작하는 거야

터널을 지나듯 답답한 어느 날
텅 빈 교회에 앉아
내뱉은 신음 같은 긴 한숨

말이 없어도
나를 헤아리시는 주님
침묵으로 품어 주시는 큰 사랑

그래!
진정한 사랑은
잠잠히 들어주고 내 품만큼
끌어안고 가는 것이려니

꽃잎 상여

사마리아 여인처럼
뜨거운 뙤약볕을
피할 수 없는 자의 등 뒤에
긴꼬리원숭이처럼 따라붙는
이글거리는 적도의 태양

고달픈 인생이라고
자책의 시간도 사치라
그저 주어진 내 몫의 삶을
묵묵히 살아내는
첸나이의 늙은 어미

너 먼저 가면 나도 따르는 그 길
그 어미가 누워가는 꽃길
오늘 초라한 이 골목에
뿌려진 붉은 꽃잎은
늙은 어미 생에 대한 마지막 예우

이미그레이션

인도 주재원 시절
매번 가야 하는 이민국
땀이 흥건하도록 기다리는 순번

이민국 직원의 고압적인 자세엔
국가 대표라도 되는 듯
한 치의 흐트러짐도 없다

타국에선 누구나 애국자가 된다는데
아차! 실수하면
국가 대항전이 되는 건가?

속절없는 기다림 내내
그나마 품위 유지를 하게 하는
점잖은 상상

감동

크로아티아 스플리트
전통 아카펠라 남성 합창단

동그랗게 뚫린 천장에서
천상의 소리인 양
내려오는 깊은 울림

예기치 못한 화음에 놀란 발걸음
그 자리에 얼음땡이 되어
기다리는 소리의 터치

서로의 시선으로
음을 조율하는 듯
따뜻한 교감이 풍성한 볼륨으로
휘몰아치는 동굴 안

말 다스림

따뜻하고 부드럽게 품을 수 있는
마음밭 한 켠에
엉켜 있는 가시 덩어리

예기치 못하게
그 가시가 튀어나오면
나를 찌르고 나가 그대를 찌르네

그대의 고통을 보고
통쾌함을 느끼기 전에
나를 먼저 주저앉히는 그 상처

가시 같은 말은
화살처럼 날아서
나와 그대를 찌르는 걸
어찌 모르나 어리석은 나여!

인간관계

그래 접자 생각해도
스멀스멀 피어나는 섭섭함

어느 뉘라서
내 마음을 헤아릴까마는
그래도 한 번쯤 품어 보는 언감생심
누구라도 내 마음을 알아주길

유일한 도피처
십자가 그분에겐
입도 벙긋 어려운데
어쩌라고…

답을 안다고 써내면 되는
시험지가 아닌 인생을
어찌 그리 살라 하시는지

마침의 단상 斷想

마지막이란 걸 알면

그때 좀 더 잘했을까?

지나고 나면 비로소 아쉬워지는 일

대학 때부터 해오던

성가대를 내려놓으며 드는 생각

'라'음부터 잘 나오지 않는

나이 든 성대가 버거워서

타협 없는 결정을 내린 이 아침

내가 드릴 곡조없는

찬양을 위해

잠잠히 기도처로 나아가다

감정의 궤적

더러는 삐뚤고 더러는 반듯하고
곡선인 듯 직선을 지나면
가파른 고갯길에 접어들고

내리막인가 싶을 즈음
느닷없는 벼랑 끝에
가슴 오므라들게 하는
알 수 없는 감정의 바람

그 바람이 훑고 지나간 길목에
혹여 쓰러진 누굴 보거든
부디 그냥 지나가길

내 민낯의 부끄러움을
사랑하는 그대는 제발 보지 말고
가던 길 가게나

회개

내 눈에 보이는 그대의 허물
상태가 좋을 땐
그럴 수도 있지 하고

저 아래 깊은 곳에서
거슬림이 올라오는 날엔
날 선 사자 발톱 마냥
그대를 할퀴고 만다

그대를 만나 아직도 다루어지지 못한
내 교만의 끝을 보니
사람 하나 담지 못할 그릇이라

세월도 어찌 못한 어리석음이여!
맘껏 조롱하며 비웃으라
내 오늘은 기꺼이 그 비난을 받으리

질경이

굳이 발길 잦은 길가를
택한 너를 보며
나 또한 너와 별반 다름없음에
느끼는 애틋함

비아냥으로 낮아진 자존감
태고의 외로움으로
뼈가 마를지라도
그들과 함께할 세상을 꿈꾸듯

무심한 발길질을
생명의 터치로 받아들여
씨앗을 흩뜨리는
너에게 힘찬 격려의 박수를
맘껏 쳐주리라

애기똥풀

먼동이 트는 탄천변
노랗게 피어 있는 들풀 무리

애기 똥처럼 노랗다고
이름이 애기똥풀이라니
예쁜 꽃에게
귀여운 애기를 비유했으니
그 무례를 한껏 봐주기로

어느 날 애기똥풀 노란 진액이
피부 질환에 좋다는 말에
우리 서방님
모기에게 온몸 헌혈하고
강제 징집해 온 애기똥풀들

애들아, 미안해
그래도 내년에 그 자리에서 꼭 보자

글쓰기란

글을 쓴다는 건
나를 벗기는 일

문장이 더해질수록
깊숙한 속살들의 실체를
마주하게 되니
누구라서
그 부끄러움과
두려움이 쉬울까?

그럼에도
스스로 옷을 내리고
부끄러움을 자초하는
작가의 필력은
배짱인가 능력인가?

3부 ─── 사랑은 그리움으로

타인이라 부르리

결혼은 낯선 사람과
가족이 되는 일

문화와 삶의 언어가 달라
갈등을 빚기도 하지만
필요한 몫의 희생을
지불하면 될 터

하지만 이기적인 이 시대가
결혼의 격을 떨어뜨려
자기가 귀해서
상대를 낮추라 하니

교만에 절은 인생이라
낮춤은 죽임인양
빳빳한 고개 힘주어
전쟁 같은 삶을 살자 하네

그대에게

사랑이란

나보다 그대가 더 귀하게 여겨져

그대를 위해

비굴해지는 것도 두렵지 않은

용기가 필요한 일

거창한 수식어보다

진솔한 위로로

하루의 수고를 인정해 주고

소찬의 식탁을

기꺼워해 주는 일

그리하여

삭막한 세상에서

든든한 내 편이 있음을

가슴 가득 느끼게 하는 일

나는 자연인이다

들꽃이 흐드러진 길을
걸으며 집으로 갔으면

사람에 부대끼고
일상에 휘둘려 살다
언뜻 정신이 들면 드는 생각

땀 흘린 만큼
거둬들이는 정직한 일이
너무나 간절한데
아직도 살아 볼 용기가 없다

그저 자연으로 돌아가
살아가는 그들의 삶을 훔쳐보는
나의 즐거움
'나는 자연인이다' TV 프로

My story

안개처럼 뿌옇던

젊은 날을 돌아보니

고민의 숲과 두려움의 바다를

어찌 지나 왔는지

나뭇가지에 엉킨 연줄인 듯

성난 파도인 듯

덮쳐오던 불안들…

누가 혹여

예전으로 돌아가서

무얼 다시 살아보겠느냐고

묻는다면

가야 할 그곳이 가까워진

지금이 좋다고

단호히 거절하리라

오수 午睡

잰걸음으로
사립문을 나서는
어미 뒷모습을 바라보며

'함미! 엄니 언제 와?'
울음 섞인 물음에
'잉~ 곰방 올겨 엄니 올 동안
할미랑 뭐 할까?'

할미랑 노는 거 재미없어
차마 말 못하고
'그냥 잘래. 엄니 오면 꼭 깨워줘!'

오지 않는 생 잠을
청해야만 하는 늦은 오후

시집살이

말갛게 씻긴
장독대의 항아리가
곱게 화장한 새색시 마냥 예쁘다

손끝이 야무져
닿는 곳마다 반들반들
사람 하나 잘 들어와서 집이 빛난다며
좋아하는 시어머니

칭찬도
꾸지람 못지않은 시집살이라
몸 부서지는 게
맘 부서지는 것보다 낫다며

애고 소리 나오는
입 틀어막으며 일어서는 늙은 며느리

달 항아리

하얀 보름달인 듯
사람 마음을 넉넉히
품을 듯한 달 항아리

그 푸근함에 빚어 본 달 항아리
제 모양이 갖춰져 가는 만큼
사라져 가는 공방의 소통

35년의 인연이
깨어진 항아리 마냥
공허함과 회한을 남긴 마음 자락

여전히 거실 한쪽에 놓인
달 항아리를 보며
폭풍처럼 스쳐 간 인연을 생각하다

님

이불 틈새 숨겨둔
집문서를 쥐어 들고
문짝이 부서져라
한걸음에 달려 나간 저 서방님아!

핏덩어리 갓난이는 고사하고
줄줄이 손 위 자석들은
어쩌라고 이러시나

화투가 그리도 좋소?
하소연에
바짓가랑이라도 잡을 만하거든

밥이나 묵고 하는가 생각하는
속 빠진 울 엄니
동지섣달 찬바람에 문풍지만 서럽다

엄니

육 남매
터울도 많은 끄트머리에
내 이름이 막내

잠깐 기억도 안 나는
큰 사랑 후에
홀연히 가버린 엄니가
가슴에 싱크홀을 만들었다

그리움도 켜켜이 쌓이면
흉측한 옹이가 되어
여린 가슴에 생채기를 긋는지

평생을 내 딸처럼
엄니라 불러보지 못한 애절함이
육순이 지난 지금도 서럽고 서럽다

엄니 일대기

아들, 아들 타령에
내리 딸을 낳은 엄니는
아들 낳기에 목숨을 걸었다
배 꺼질 새 없이 살다
서른여덟의 생을 마감한 엄니

일남 오녀의 자식을 두고도
아들만 가슴에 가득했으니
그 육 남매 중 여섯 번째인 난
엄니의 태가 무덤이
안 되었던 것만으로 다행이라

자식을 의지할 수 없는
이 시대를 살아보니
아들에 몰두했던 엄니와 그 시절이
차라리 그리워진다

위로

아기를 보면
아부지 말이 생각난다

'그 애기가 그리 이쁘냐?
난 니를 갸보다
훨~ 이쁘게 키웠다'
마뜩잖은 표정으로
옆집 아이를 업고자 버둥거리던
내게 했던 그 말

마음이 눈물로
가득 차오르는 날이면
그 말이 나를 찾아와
어깨를 토닥인다
괜찮다고
넌 큰 사랑을 받은 자라고

그리움

술 잘 못 드시는 울 아부지
막걸리 한잔하는 날엔
여지없이 주무시던 낮잠

어쩌다 오는 그런 날
아버지의 등 뒤에
매미처럼 꼭 붙어 자던 억지 잠

눈 뜨면 언제 사라졌는지 모를
아부지 대신
덮어져 있던 얇은 이불

투박한 아부지의 사랑이
왜 그리도 좋았는지
예나 지금이나

보이스 피싱

인도에 산 지 5년 만에
잠깐의 귀국 길에서 당한 보이스 피싱
황당과 의아함을 넘어
자책의 시간을 지나더니
남편에 대한 미안함으로 꼬박 새운 밤

새벽 즈음
의료 사고로 돌아가신 엄마를 두고
'니 엄마는 내가 죽였어야!'
하시던 아부지의 말이 생각났다
가기 싫다던 병원으로 굳이 데려갔던
아부지가 가졌을 미안함

오늘 내가 갖는 미안함과는
비교도 되지 않을 고통을
평생 지고 사신 아부지 마음이
이제야 헤아려지는 미련함

못다 한 사랑

유언 한마디 안 남기고
황급히 떠난 아부지

마지막 아부지 얼굴은
차마 보지 못하고
장지에 묻고 오는 날
내 맘 같은 스산한 눈발이 그리도 날리더라

결혼식과 첫 아이 낳던 날
아부지 생각에 흐르는 눈물
마음이 텅 비어 공허할 때면
가장 먼저 떠오르는 아부지

언제나 내 뜻 받아 주던 그대로
해 드리고 싶은데
그리운 아부지가 없네

귀한 손님

어린 시절 장사하는 우리집에
늘 북적거리던 사람들

내 방마저 손님으로 차는 날이면
어두운 밤 집 주변을 서성이며
어서 손님이 가길 기다렸지

그 기억의 한가운데에 있는
날 길렀지만 다가가기 힘들어
낯선 타인 같던 고흥 엄마

결혼 출산 후에야 이해되는
여자로서 느꼈을 엄마의 고통과 번민

철이 드니 엄마는
타인이 아니라
대접하고 싶은 귀빈이 되더라

칠삭둥이 마음

한 부모에게 나온 육 남매
터울이 많아 인생의 질곡도 다르다
일찍 별이 된 엄마를
그리워하는 언니들 틈에
난 이유도 모른 채 앓은 그리움의 병

어쩌든 살아야 해
뿔뿔이 흩어진 형제들 가슴 아리는 사연마다
쌓인 상처들에 비하면 그리움의 병은 호강이라

일찌감치 입을 닫은 난
집 밖에선 단단하고 야무진 아이로 살려 했지
허나 여린 마음에
입 안에 맴돌던 비수 같은 말 한마디를
끝내 뱉지 못해 늘 졌던 말싸움

독백

아가!
저 닭이 니를 보는 게
니가 그리도 이쁜 거란다
우째 저리 이쁜 애기가 있나 보는 거

공갈이라고?
아녀 아니랑께
참말로 니가 이쁘다고 그러는 거

엄니는 공갈을 못한다고
혔어, 안 혔어?

마른 입가를 닦으며 씩씩거리는
혼잣말의 대가大家
울 엄니

하늘의 선물

자고 있는 너희의 볼을 비비면
작은 기지개를 켜는 두 팔 사이로
천사의 날개를 보는 듯했지

내게 없는 사랑이
어디에서 나오는지
너희를 향한 한없는 사랑

아하!
이게 하나님의 사랑이구나!
살아가며 깨달아지는 은혜

어미로 살며 삶의 깊이를 알게 한
내 딸과 아들은
하나님의 귀한 선물일세

2012. 1. 11. Seonhee

아이에게

마음이 여리고 고운 아이야
세상이 두렵고
사람이 무서울 땐
첫 땅 에덴을 생각해 봐
그분과 소통하던 때를

고아처럼 너를 홀로 두지 않고
강인한 그분의 오른팔로
너를 붙들고 지키신다는
그 약속을 의지하고

오늘도 당당히
어깨 펴고 두 눈 부릅뜨고
네가 딛는 그 땅에서 비상飛上하라
마치 독수리 날개 치듯

사랑가

어화둥둥 내 사랑
어찌 이리 예쁜 애가
세상에 있을꼬?

눈에 씌운 콩깍지가
평생을 가도 안 떨어지니
이 무슨 조화 속인지

내 품에 안겨
온몸으로 느꼈던 너의 감촉이
아직도 내 살에 느껴지니

넌 너로 되
난 늘 너와 함께로다

집으로 가는 길

이 빠진 늙은 부부
서로를 의지하다
할멈이 먼저 강을 건너니

남은 할배
외로움에 망아지를
친구 삼아 끌고 다니네

한날에 가자더니
왜 먼저 갔을고
빈 곰방대에 한숨을 빨아내니

낼모레면 만날 길을
무에 그리 애달파서 그래 쌌소?
할멈의 소리가 들리는 듯

끼인 세대

슬픈 얘기를 들었다

1950~60년대 베이비붐 태생들
어르신 봉양하고 나서
자식에게 그 봉양을 받으리 했는데
무정한 세월이 그들을
고립된 섬으로 만들었다

노후 대비 없이 자식에게 올인 한 그들을
무능력하다고 질타하고
행여 떠맡게 될까 털어내는 말의 행간에서

지나간 세월을 탓하지도
자식들을 탓할 수도 없는
그야말로 옴짝달싹 못하는
끼인 세대가 됐다는

나라야마 부시코의 겨울
-백여 년 전 일본 어느 마을의 전설

일혼이 되면
나라야마의 산꼭대기에서
삶을 마감해야 한다고

굶주림에서 다른 가족을
지키기 위한 궁여지책
그곳에서 죽으면
천국 간다는 얘기를 퍼뜨리고

첫눈이 흩날리는 날
노모를 버리고 돌아오니
노모의 옷을 껴입고 있는 가족들

울 할매는 운이 좋아
눈 오는 날에 나라야마 갔다네
철없는 어린 손주의 노래 소리

귀로 歸路

평생을 실체 없는
그림자로 살았나
인생 막바지에 내어놓을
그 무엇이 없다

노년에 온 사춘기인지
다시금 묘연해진 인생의 의미를
어디서 찾을고

이 세상과 다가올 세상
그 경계 선상을 유리流離하느라
흘러버린 세월

나도 모를 마음 하나 붙들고
갈림길에 서니
문득 몰려오는 그리움
돌아갈 그 길이 보이는 듯

아빠라는 이름

가장이라는 투명의 짐은
위기에 초능력을 드러낸다

굴욕 견디기, 일방적 한 방 먹기
비굴한 웃음 날리기, 납작 엎드리기
신기의 기술로 현장을 누비다가

귀갓길엔
안면 단장하고
피에로 같은 웃음을 귀에 걸고
슈퍼맨 같은 늠름함과
아빠 *귀도 같은 해맑음으로 들어온다

거미줄 같은 세상에 걸려
이리저리 휘청거린 건
쉿! 비밀

*귀도: 영화 〈인생은 아름다워〉에 나오는 남자 주인공 이름

남편

집이 어디예요?
흔히 묻는 말

아부지 살아생전엔
그곳이 집이더니

어쩌다
고동 껍질을 뒤집어쓴 게처럼
삶의 보호막이 되어준
당신을 만나니

남편은
집의 또 다른 이름이더라
내게는

그랬으면

찬란한 봄을 맞듯

뜨거운 여름날에도
은은한 미소를 띠고

다가올 이별을 준비하는
가을의 슬픔을
넌지시 바라보다

떠날 겨울이 오면
의연하게
나를 놓았으면

글쓴이의 소회 所懷

바람이 지나가면
떨어진 잎이 나무의 역사를 말하듯
소소한 일상이 어느덧
작은 역사가 되는 시점에 서 있다.

어릴 적 붓글씨를 쓰기 위해 벼루에 먹을 갈면
흐뭇하게 쳐다보시던 아버지의 미소가 생각난다.
살다 보니 그림을 좋아했던 기억만 희미하게 남을 즈음
인도에서 살 기회가 주어지고
덕분에 그림을 그리는 여유도 가지면서
가끔씩 그려온 그림이 제법 쌓여 가니
삶을 정리하듯 그림을 정리하고,
내 곁을 스쳐 지나간 기억의 조각들에게
말을 걸어 보는 시간을 갖다.

살면서 무언가 아련한 그리움이 밀려올 때
아버지를 추억 할 마땅한 그 무엇이 없어
늘 마음이 헛헛했던 나의 슬픔 대신,
사랑하는 내 아이들은
너희와 내가 이어져 있음을
기억하길 바라며 여기 나의 사랑을 적는다.
그리고 나의 든든한 동반자 남편에게
사랑과 존경을 담아 감사를 전한다.

2021. 11. 30

176